Pearl S. Buck
Der Drachenfisch

Pearl S. Buck

Der Drachenfisch

Mit Bildern von
Isolde Schmitt-Menzel

Otto Maier Ravensburg

Sonderausgabe zum 25jährigen Jubiläum
der Ravensburger Taschenbücher 1988

Lizenzausgabe
als Ravensburger Taschenbuch Band 1,
erschienen 1963
Neue, durchgesehene Fassung

Die Originalausgabe erschien
im Verlag Methuen & Co. Ltd., London
unter dem Titel „The Dragon Fish“

Die deutsche Erstausgabe erschien
im K. Thienemanns Verlag, Stuttgart

Aus dem Amerikanischen von Bettina Hansmann

Umschlag: Ekkehard Drechsel, nach einer Zeichnung
von Isolde Schmitt-Menzel

Gesamtherstellung: Ebner Ulm
Printed in Germany

ISBN 3-473-39001-1

Es ist noch gar nicht so lange her, da lebte in dem großen Land China ein kleines Mädchen, das Lan-may hieß. Es war die einzige Tochter einer chinesischen Familie und hatte drei Brüder. Sie war das jüngste Kind und acht Jahre alt. Ihre Brüder hießen Sheng, Tsan und Yung. Yung war neun, Tsan zehn und Sheng dreizehn Jahre alt.

Alle zusammen lebten in einem Backsteinhaus mit einem Ziegeldach, und dieses Haus

lag in einem hübschen, grünen Tal, ganz nahe am großen Jangtse-Fluß. Der Vater war Bauer, und einige seiner Felder führten geradewegs zum Flußufer hinunter. Deshalb war er zugleich auch Fischer. Er hieß Wu. Zum Fischen hatte er keine Zeit, weil er auf seinen Feldern arbeiten mußte. In den Fluß hängte er deshalb an einer langen Bambusstange ein großes viereckiges Netz, dessen Seiten auch durch Bambusstäbe ausgespannt waren. Wer gerade Zeit hatte, lief zum Ufer hinunter und zog an einem Seil das Netz herauf. Waren Fische darin, dann zappelten sie am Boden des Netzes und wurden mit einem langstieligen Schöpfer herausgeholt. Wenn aber keine Fische darin waren, wurde das festgezogene Seil wieder losgelassen und das Netz sank in die gelben Fluten des Flusses zurück.

Natürlich gab es auch eine Frau Wu. Sie war eine schweigsame Frau, die niemals sprach, wenn sie nicht angeredet wurde. Sie hatte viel zu tun, um für alle ihre Buben und Herrn Wu zu kochen, für sie zu nähen und sie mit allem Nötigen zu versorgen. Sie hatte so viel zu tun, daß sie kaum Zeit fand, mit Lanmay zu plaudern. Sheng, Tsan und Yung unterhielten sich oft mit ihrem Vater, wenn sie von der Schule heimkamen und wenn sie an schulfreien Tagen bei der Feldarbeit halfen. Aber niemand machte sich die Mühe, viel mit Lan-may zu reden. Manchmal wurde Herr Wu auf sie aufmerksam, dann sagte er wohl: „Ach, du bist da, Lan-may; geh und hol mir meine Pfeife!“

Oder Sheng sagte: „Lan-may, du hast eben nichts zu tun, bring mir eine Schale Tee."
Oder Tsan sagte: „Da du doch nichts zu tun hast, Lan-may, du bist ja nur ein Mädchen, mußt du die Tenne sauber machen!"

Lan-may ging stets. Doch wünschte sie sich im stillen, daß sich irgend jemand mit ihr unterhalten möchte; aber niemand tat das. Sie besaß eine kleine schneeweiße Katze, die sie sehr liebhatte. Der erzählte sie eine Menge, aber die Katze konnte eben nur schnurren, und das wurde allmählich eintönig.

„Wenn ich nur nicht das einzige Mädchen wäre", sagte Lan-may eines Tages zu ihrer Mutter, die wie gewöhnlich schwieg. „Wenn wir noch ein Mädchen hätten, dann könnte ich mit jemandem reden und müßte nicht immer still sein."

„Es ist gut für kleine Mädchen, wenn sie still sein müssen", antwortete Frau Wu. Sie streifte dicke Bohnen aus ihren Hülsen und sah beim Sprechen nicht auf.

„Warum?" fragte Lan-may.

„Weil sie dann zu schweigsamen Frauen werden."

„Warum sollen sie denn schweigsame Frauen sein?" widersprach Lan-may.

„Dann ärgern sie die Männer nicht", sagte Frau Wu und schloß ihre Lippen so fest, daß Lan-may wußte, nun würde sie nichts mehr sagen.

„Könnten wir nicht noch ein Mädchen haben?" fragte Lan-may ihren Vater, als er an diesem Abend vom Feld heimkam.

„Ein Mädchen?" fragte Herr Wu verwundert. „Was sollten wir denn damit?"

„Ich könnte mit ihm spielen."

„Es ist höchste Zeit, daß du arbeiten lernst", sagte ihr Vater, „dann brauchen wir kein

weiteres Mädchen." Und nun begann er, sich Hände und Gesicht in der Zinnschüssel zu waschen, die auf einem Tischchen in der Küche stand. Da wußte sie, daß er nichts weiter sagen würde.

„Wenn du nur ein Mädchen wärst", sagte Lan-may zu ihrem Bruder Yung. Der hänselte sie immer sehr gern und hatte sie so fest an ihren kleinen Zöpfen gezogen, daß ihr Tränen in die Augen stiegen.

„Ich – ein Mädchen?" rief er und lachte.

„Ja, ja, ja", sagte sie, „wirklich! Ich habe Buben so satt!"

Gerade da kam Sheng ins Haus. Er hatte seine besten Kleider an, weil er in die Stadt gehen und Eier verkaufen wollte. „Lan-may", sagte er eilig, „ich habe vergessen nachzuschauen, ob Fische im Netz sind. Bitte, lauf für mich zum Fluß hinunter!"

Lan-may ging. Sie mußte Sheng gehorchen, weil er ihr ältester Bruder war.

„Wenn ich eine Schwester hätte", überlegte sie unterwegs brummig, „könnten wir miteinander gehen, am Fluß sitzen und uns unterhalten. Wir könnten Steinchen ins Wasser werfen und weiter etwas erzählen; dann wäre ich nie mehr so einsam."

Als ob das alles noch nicht genug wäre, begegnete ihr noch Tsan auf dem Wege zum Fluß hinunter. Er kam vom Feld und trug seine Hacke über der Schulter. „Lan-may", rief er, „komm, hilf mir meinen Speer machen."

„Ich mag nicht!" antwortete sie. „Ich habe Speere und Bubensachen satt!"

Sie lief ganz allein weiter. Wie schön wäre es doch, dachte sie, wenn sie eine Freundin hätte. Sie könnte mit ihr Puppen und Familie spielen. Jetzt mußte sie sich immer alleine die Zeit vertreiben oder aber Soldaten und Räuber mit ihren Brüdern spielen. Und sie hatte das oft sehr satt. Keiner von den Buben wollte freiwillig Feind sein, stets mußte sie das. Alle waren gern Räuber, und so mußte sie sich immer rauben lassen. Und wenn sie Verstecken spielten, mußte sie immer und immer nur suchen.

Jetzt war sie unten am Ufer. Das große Netz hing tief im gelbfließenden Wasser des Jangtse-Flusses. Sie hatte es nicht besonders eilig, und so zog sie das Netz auch nicht gleich hoch. Sie setzte sich vorerst einmal auf das dicke, weiche Gras, das saftig grün am Flußufer wuchs. Sie sah um sich;

alles war genauso wie immer: Der Strom war hier sehr breit, sie konnte gerade noch den grünen Wiesenstreifen am gegenüberliegenden Ufer erkennen. Gerne hätte sie gewußt, ob es drüben ebenso aussah wie hier und ob die Leute dort drüben ebenso waren wie auf dieser Seite. Sie hatte gehört, daß die Menschen hinter einem großen Meer ganz anders seien – Fremdlinge nannte man sie. Sie hatte nie welche gesehen, aber sie hatte andere Leute erzählen hören, die

sie gesehen hatten; und das klang wie ein richtiges Märchen: Man erzählte, diese Fremdlinge jenseits des Meeres hätten eine rosa Haut anstelle der braunen und blaue Augen, oder grüne Augen, oder graue Augen anstatt der schwarzen. Manchmal sei ihr Haar rot statt schwarz, manchmal auch fahl wie eine Löwenmähne oder gelbbraun wie ein Hundefell! Wenn diese Fremdlinge sprachen, hatte sie gehört, klinge ihre Sprache so merkwürdig, daß keiner sie verstehen könne. Sie sei voller k-k-k und ff-ff-ff und ss-ss-ss; so hatte der alte Kleiderhändler erzählt, der einmal mit dem Schiff nach Shanghai gefahren war, um ausländische Stoffe zu kaufen.
Der Himmel spannte sich tiefblau über dem gelben Wasser, und sie dachte über den Himmel fremder Länder nach. Ob er auch blau war? Oder war er vielleicht grün oder purpurrot oder hatte er irgendeine andere Farbe?
„Es ist wirklich kein Mensch da, der mir irgend etwas erklären könnte“, dachte sie traurig. „Meine Mutter spricht fast nie, mein Vater hat immer so viel zu tun, und meine Brüder sind eben Buben.“

Als sie an ihren Vater dachte, fiel ihr wieder ein, daß sie ja zum Fluß geschickt worden war, um das Netz aus dem Wasser zu ziehen. Deshalb sprang sie schnell auf, nahm das rauhe Seil fest in die Hand und begann daran zu ziehen. Das Netz kam ihr sehr schwer vor, und einen Augenblick lang war sie ganz aufgeregt: Wenn nun ein großer Fisch darin wäre oder gar zwei oder drei! Sollte sie selbst versuchen, den Fisch herauszuschöpfen? Oder sollte sie heimlaufen und ihrem Vater Bescheid sagen? Und wenn der Fisch unterdessen wieder heraussprän- ge? Das Netz wurde schwerer und schwerer, während sie daran zog; schließlich war sie ganz sicher, daß etwas Ungewöhnliches darin lag. Langsam tauchte es aus dem Wasser auf. Zuerst erschienen die vier Enden der Bambusstäbe, dann die Seiten, und nun hing die Mitte wie ein schwerer Sack hinunter.

„Es muß ein riesiger Fisch sein!" rief sie laut und zog nun wirklich mit aller Kraft. Endlich kam das Netz fast aus dem Wasser, dann tauchte es ganz auf, und sie konnte den Boden sehen.

Da lag keineswegs ein großer Fisch! Statt

dessen entdeckte sie auf dem Boden des riesigen quadratischen Netzes einen kleinen Fisch, der ganz still lag, als ob er tot wäre. Nicht einmal seine Farbe war ungewöhnlich, sie war nur ein schmutziges Braun.

„Wie kann nur dieser Fisch so viel wiegen?" dachte sie. Natürlich war sie sehr enttäuscht, so sehr, daß sie drauf und dran war, das Netz in den Fluß zurücksinken zu lassen. So machte es ihr Vater, wenn nur ein winziger Fisch gefangen war.

„Ich muß aber doch nachsehen, warum er so schwer ist", überlegte Lan-may. Sie schlang das Seil fest um einen krummen Pfosten, den ihr Vater zu diesem Zweck tief in die Erde getrieben hatte. Dann griff sie nach dem Schöpfer, der am Ende einer langen Bambusstange befestigt war. Während sie das Eckseil des Netzes festhielt, beugte sie sich vor, ließ den Schöpfer unter den Fisch gleiten und versuchte nun, ihn herauszuheben. Er war so schwer, daß sie ihn kaum bewegen konnte. Der dünne Bambusgriff bog sich, als sie versuchte, den Schöpfer mit dem Fisch hochzuheben.

Sie setzte sich ans Ufer und überlegte, was sie nun machen sollte. Wenn sie zu ihrem

Vater heimginge, könnte jemand vorbeikommen und den Fisch wegnehmen, während sie fort war. Dann glaubte der Vater, sie hätte geträumt. Sie lehnte sich über das Netz, so weit sie sich nur traute, und starrte den Fisch an. Er lag ganz still, wie tot. Vielleicht war er tot? Sollte sie das Netz einfach wieder in den Fluß hinunterlassen und sehen, was dann geschähe?

Da kam ihr in den Sinn, daß sie den Fisch nicht mühsam hochheben müßte. Sie könnte den hölzernen Schöpfer ja auf dem Wasser schwimmen lassen und gleichzeitig das Netz etwas senken. Dann könnte sie ihn zu sich heranziehen.

Das machte sie. Ganz vorsichtig ließ sie das Seil locker, bis das Netz wieder im Wasser lag, aber nicht allzu tief. Und der Schöpfer schwamm. Da zog sie ihn zu sich her und brachte so den Fisch an Land.

Da lag er nun auf dem Boden des Schöpfers, ruhig und still. Aus der Nähe sah sie, daß es kein gewöhnlicher Fisch war. Er hatte die Gestalt eines winzigen Drachen. Vier kleine Füße saßen an vier kurzen Beinen, statt Flossen. Sein Schwanz war lang und ringelte sich.

„Es ist ein Drachenfisch“, dachte Lan-may und war ganz aufgeregt. Sie hatte schon von Drachenfischen gehört, aber noch nie einen gesehen. Drachenfische, sagten die Leute, brächten großes Glück! Aber wo war denn nun dieses große Glück? Sie schaute zum Himmel hinauf – er war ruhig und blau wie immer. Sie blickte zum Fluß hin – seine schnellen gelben Fluten flossen genau wie sonst. Sie schaute auf das Gras – es stand still und heiß im Sonnenschein. Aber jetzt entdeckte sie ein paar kleine blaue Blumen, die sie bisher nicht beachtet hatte. Und als sie nochmals zum Fluß hinschaute, sah sie ein paar wilde Enten herunterfliegen, die sich auf das Wasser setzten. Und als sie zum Himmel emporblickte, sah sie einen großen weißen Vogel, ungefähr wie ein Reiher, langsam vorüberfliegen. Natürlich ein Reiher, der ist auch ein Glückszeichen! Nun war sie überzeugt, daß irgend etwas passieren werde. Sie stand auf und beobachtete aufmerksam alles rundherum.

In diesem Augenblick sah sie am Fluß entlang ein Mädchen gehen, das auf sie zukam. Sie blieb vor Verwunderung ganz still stehen. Dieses Mädchen war kein gewöhnliches Kind. Lan-may fiel zuallererst auf, wie es angezogen war. Sie selbst trug eine rosa geblümte, kurze Jacke und lange Hosen. An den Füßen hatte sie weiße Strümpfe und schwarze Stoffschuhe, die ihre Mutter genäht hatte. Lan-mays Haare waren in zwei feste Rattenschwänzchen geflochten und an den Enden mit rosa Garn umwickelt, und auf der Stirne waren Fransen geschnitten. Aber dieses Kind trug ein Kleid mit einem sehr weiten Rock. Vorne war es in Fältchen gezogen, hatte kurze Ärmel und war aus blauem Leinen. Das Mädchen hatte nackte Beine, abgesehen von kurzen weißen Söckchen und schwarzen flachen Lederschuhen. Das Haar fiel locker um sein Gesicht; aber das Merkwürdige an diesem Haar war seine gelbe Farbe. Lan-may glaubte fest, daß es ein Wassergeist sei, und sie bekam große Angst. Sie wollte fortlaufen, aber ihre Füße waren wie festgewachsen am Boden. Sie öffnete ihren Mund, um schneller atmen zu können, so rasch schlug ihr Herz. Als das Mädchen näher kam, sah Lan-may, daß seine Augen so blau waren wie sein Kleid und seine Haut nicht braun, sondern rosig!

„Ich habe dir deinen Drachenfisch nicht weggenommen“, stammelte Lan-may. „Er kam von selbst ins Netz hinein. Ich habe ihn nur herausgezogen!“

„Was für einen Drachenfisch?“ fragte das Mädchen.

Es stand jetzt ganz nahe, und Lan-may war entsetzt. Sie hatte noch nie ein Mädchen mit blauen Augen, gelbem Haar und rosiger Haut gesehen!

Lan-may deutete auf den merkwürdig schweren kleinen Fisch. „Da ist er“, sagte sie, „du kannst ihn wiederhaben.“

Das Mädchen beugte sich vor und schaute

den unbeweglichen Fisch an. „Mein Drachenfisch ist das nicht“, sagte es, „den habe ich noch nie gesehen.“
„Wem gehört er dann?“ fragte Lan-may.
„Ich kenne ihn auch nicht. Und schau, er rührt sich nicht – er liegt nur da.“
Der Drachenfisch hatte sich kein bißchen bewegt.
„Heb ihn auf!“ forderte das gelbhaarige Kind.
„Ich kann nicht“, sagte Lan-may, „er ist zu schwer.“
„Dann hebe ich ihn auf“, sagte das gelbhaarige Mädchen.
Es streckte seine rosigen Hände aus und schob sie unter den Fisch. „Er ist wirklich schwer“, sagte es, „oh, und wie kalt er ist!“
Weil nun das Mädchen den Drachenfisch heraufgeholt hatte, fühlte Lan-may auch keine Angst mehr. „Gib ihn jetzt mir!“ sagte sie.
Aber das hellhaarige Kind hatte keine Lust.
„Vielleicht ist es doch mein Fisch“, meinte es, „du hast es ja vorhin behauptet!“
„Und du hast gesagt, es sei nicht deiner!“ rief Lan-may. „Und überhaupt habe ich ihn in meines Vaters Netz heraufgeholt.“

Schon stritten sie, obwohl sie sich noch nie vorher gesehen hatten. Auf einmal mußten beide lachen.

„Wie heißt du denn?“ fragte das gelbhaarige Mädchen.

„Lan-may“, war die Antwort.

„Ich heiße Alice“, sagte das Kind.

„Alisch –“ Lan-may konnte den fremdartigen Namen nicht richtig aussprechen.

„Aliss-ss-ss“, sagte das Mädchen.

„Aliss-ss-ss“, machte Lan-may nach. „Warum heißt du Aliss-ss-ss?“

„Weil mein Vater und meine Mutter mich so nennen wollten“, sagte das Mädchen. „Meine zwei Brüder heißen Tom und Jack.“

„Ich habe drei Brüder“, sagte Lan-may, „Sheng, Tsan und Yung, und ich habe sie alle drei so satt!“

„Wirklich?“ rief Alice. „Ich habe Tom und Jack auch satt. Ich hätte so gern eine Schwester!“

„Ja“, erwiderte Lan-may, „ich hätte auch gern eine Schwester. Aber meine Mutter sagt, sie hätte viel zuviel zu tun für noch mehr Mädchen.“

„Ja, wirklich?“ rief Alice. „Genau dasselbe sagt meine Mutter!“

Die beiden Mädchen sahen sich an, und der gleiche Gedanke kam ihnen zur gleichen Zeit auf die Lippen: „Dann wollen wir beide Schwestern sein! O ja!" riefen sie und lachten gleichzeitig.

„Du kannst auch den Fisch halten", sagte Alice, „weil du jetzt meine Schwester bist."

Lan-may hielt die offenen Hände hin, und Alice legte den Fisch hinein. „Wie schwer er ist!" sagte Lan-may, „und wie kalt!"

„Ich glaube nicht, daß er lebendig ist", meinte Alice.

„Er fühlt sich ganz glatt an, wie ein echter Fisch", sagte Lan-may, „aber er ist sehr hart. Ja, er muß wohl tot sein."

„Wir wollen ihn ein bißchen abschaben", schlug Alice vor. Sie nahm einen scharfkantigen Stein und kratzte ein wenig an dem Drachenfisch herum. Unter dem bräunlichen Schleim, mit dem das Wasser ihn überzogen hatte, kam ein grüner Schimmer hervor. „Schau, der Fisch ist hübsch", sagte sie, „wir müssen ihn ganz abreiben."

Nun begannen sie beide zu schrubben und den Drachenfisch mit Sand abzureiben; in ein paar Minuten glänzte er hell und grün. Aber er war auch jetzt nicht lebendig. Nun

konnten sie das deutlich erkennen: Er war aus einem glänzendgrünen Material, das so hart war wie Stein. Irgend jemand hatte ihn geformt, dann war er irgendwie in den Fluß gefallen, und irgendwie hatte die starke Strömung ihn ins Netz geschwemmt.
Genau in diesem Augenblick hörte man zwei Stimmen durch die Luft schallen. Eine kam

den Fluß herunter und rief sehr hoch und klar: „Alice! Alice!“
„Das ist meine Mutter“, sagte Alice eilig, „ich muß gehen.“
Die zweite Stimme kam den Fluß herauf und rief sehr laut und deutlich: „Lan-may! Lan-may!“
„Das ist mein Vater“, sagte Lan-may hastig, „ich muß auch fort.“
„Was tun wir mit dem Fisch?“ fragte Alice.
„Ja, was tun wir nun mit ihm?“ sprach Lan-may nach.
„Wir wollen ihn als unser Geheimnis bewahren“, sagte Alice.
„Wir wollen alles als unser Geheimnis bewahren“, wiederholte Lan-may eifrig.
„Wir wollen keinem etwas erzählen, vor allem nicht unseren Brüdern.“
„Oh, das wird lustig!“ rief Alice.
„Wir vergraben den Drachenfisch“, schlug Lan-may vor. „Hier bei diesen blauen Blumen, dann können wir uns merken, wo er ist. Und wenn wir wiederkommen, graben wir ihn aus und spielen mit ihm – nur du und ich.“
„O ja!“ rief Alice. So vergruben sie den Fisch bei den blauen Blumen. Sie scharrten

mit den Fingern die sandige Erde auf und wuschen sich dann wieder im gelben Flußwasser. Nun standen sie auf und schauten sich an.
„Leb wohl, Schwester!“ sagte Alice zu Lan-may.
„Leb wohl, Schwester!“ sagte Lan-may zu Alice.
Sie umarmten sich und drückten sich gegenseitig fest ans Herz.
„Komm wieder her, wenn du gegessen hast“, sagte Lan-may.
„Ja, gern“, sagte Alice. „Aber wenn es später wird, mußt du auf mich warten.“
„Das will ich“, versprach Lan-may, „und wenn ich später komme, mußt du warten.“
„Ja, gern“, versprach Alice.
Dann winkten sie sich zu, liefen ein kleines Stückchen und winkten wieder und rannten beide nach Hause. Und auf dem ganzen Heimweg war Lan-may aufgeregt und glücklich: „Ich habe eine Schwester“, dachte sie, „eine richtige Schwester! Sie kann ja nichts dafür, daß sie gelbes Haar, blaue Augen und rosige Haut hat; jedenfalls ist sie ein Mädchen!“

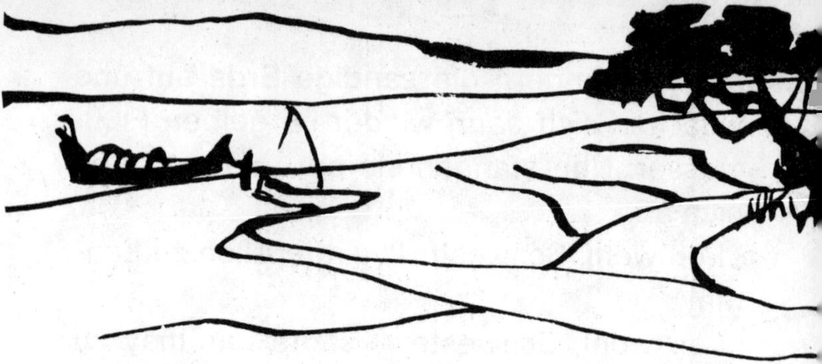

„Wo warst du denn so lange?“ fragte Lanmays Vater ein wenig ärgerlich, als sie ins Haus kam. Alle saßen schon beim Essen, und er mochte es gar nicht, wenn jemand zu spät kam.
„Wasch dir Hände und Gesicht“, sagte Lanmays Mutter, „du bist schmutzig!“
Da ging sie gehorsam, um ihre Hände und ihr Gesicht zu waschen.
„Wo du warst, will ich wissen!“ wiederholte Herr Wu seine Frage, als sie zurückkam.
„Am Fluß unten“, sagte sie. Sie fand es sehr schwer, das Geheimnis zu bewahren.
„Waren keine Fische im Netz?“ fragte Herr Wu.
„Nur so ein kleiner“, war die Antwort. Sie nahm ihre Eßstäbchen und begann sehr schnell zu essen.

„Hast du ihn ins Wasser zurückgeworfen?“ fragte er weiter.
Nun brachte es Lan-may überhaupt nicht fertig zu lügen, und so platzte sie mit der Wahrheit heraus, bevor sie es recht merkte: „Ich habe ihn begraben.“
Herr Wu war empört. Er legte seine Eßstäbchen hin. „Willst du mir etwa sagen, Tochter, daß du einen kleinen, lebendigen Fisch vergraben hast, der noch hätte groß werden können?“
„Er war . . . nicht . . . lebendig“, stotterte Lan-may.
„Ach so, das ist etwas anderes“, brummte Herr Wu. „Aber auch dann hättest du ihn zurückwerfen können als Futter für andere Fische.“
„Es war . . . ein sehr . . . harter Fisch“, stammelte sie.
Ihr Vater hatte gerade seine Eßstäbchen wieder in die Hand genommen, nun legte er sie noch mal hin. „Hart?“ wiederholte er. „Was meinst du damit?“
„Er war eben . . . steinhart“, sagte Lan-may ganz leise.
„Meinst du vielleicht, es war gar kein richtiger Fisch?“ fragte Herr Wu.

„Ich glaube, er war aus Stein“, murmelte Lan-may. „Jedenfalls war er sehr schwer.“
Diese Worte regten ihren Vater richtig auf: „Aber warum hast du ihn denn nicht mit nach Hause gebracht?“ fragte er. „Vielleicht war er aus Gold oder Jade oder aus etwas anderem Wertvollem. Immerhin sind solche Sachen im Fluß schon gefunden worden. – Wenn wir gegessen haben, mußt du mich dorthin bringen, wo du ihn vergraben hast. Dann sehen wir, was das für ein Fisch ist.“

„Ja, Vater“, sagte Lan-may leise.
Sie versuchte zu essen, aber sie fühlte sich sehr elend. Der Drachenfisch mußte ja Geheimnis bleiben. Sie hatte doch Alice versprochen, nichts zu erzählen.
„Der Fisch gehört mir nicht allein“, berichtete sie ihrem Vater.
Nun wurde Herr Wu richtig böse. Er legte ein Stückchen Hühnerfleisch auf den Teller

zurück und fragte streng: „Was soll denn das jetzt wieder heißen?"
„Er gehört nur halb mir", sagte sie, „die andere Hälfte gehört jemand anderem."
„Wem?" fragte Herr Wu scharf. „Kam er nicht in unserem Netz aus dem Wasser?"
„Bitte, Vater", flehte Lan-may, „ich kann es dir nicht erklären!"
Aber das paßte Herrn Wu nicht. Er war ein sehr tatkräftiger Mann. Seine buschigen Augenbrauen hoben sich, und mit großen Augen sagte er zu Lan-may: „Ich will wissen, wer ist diese andere Person?"
Lan-may ließ den Kopf hängen und rang ihre Hände. Alle sahen sie verwundert an. Frau Wu, schweigsam wie immer, sagte gar nichts, sondern schaute sie nur an. Aber die drei Buben fingen an sich zuzublinzeln und zu lachen. Lan-may sah ein, daß sie es erklären mußte, und so sprach sie ganz schnell: „Er gehört meiner Schwester genauso wie mir!"
Nun waren alle völlig verdutzt.
„Ho!" rief Sheng. „Wenn du eine Schwester hast, habe ich auch eine."
„Wir alle haben noch eine Schwester, wenn du eine hast", sagte Tsan.

Und Yung rief: „Ich will aber nicht noch eine Schwester haben!“

„Frau“, fragte Herr Wu feierlich Frau Wu, „haben wir noch eine Tochter, von der du mir nie etwas erzählt hast?“

Seine Frau schüttelte nur den Kopf und sagte kein Wort. Sie war ihr ganzes Leben lang eine stille Frau gewesen und schwieg weiter.

Aber Lan-may fing an zu weinen: „Jetzt habt ihr mich dazu gebracht, daß ich mein Geheimnis verraten habe!“ sagte sie wütend. „Meine Schwester will nicht noch mehr

Brüder haben. Sie hat schon zu viele – geradeso wie ich! Ich brauche ihre Brüder nicht, und sie will meine nicht. Wir sind ganz einfach Schwestern, das ist alles!" Und Lanmay war so zornig, daß sie von ihrem Hokker aufsprang und weinend aus dem Haus hinauslief, hinunter an den Fluß. Sie grub die Erde neben den blauen Blumen auf, und da lag der kleine grüne Drachenfisch ganz still. Als sie ihn ansah, fühlte sie sich gleich wieder glücklich. Immerhin hatte sie nicht das ganze Geheimnis ausgeplaudert! Sie hatte nicht erzählt, daß ihre Schwester Alice hieß und daß sie blaue Augen und gelbes Haar hatte. Nein, nein, das würde sie nie verraten! Denn dann würden Sheng, Tsan und Yung die arme Alice auslachen, die doch nichts dafür konnte, daß sie so komisch aussah.

Aber was sollte sie jetzt tun? Ihr Vater würde zum Fluß herunterkommen, sobald er fertig gegessen hatte, um den Fisch zu holen. Die Brüder würden auch gleich dasein und ihn anschauen, und dann würden sie den Fisch wegbringen.

„Ich muß einfach fortlaufen!" dachte Lanmay.

Sie hob den Fisch schnell auf, hielt ihn ganz fest und begann am Flußufer entlangzulaufen, flußaufwärts, wohin Alice fortgegangen war.

Und natürlich traf sie ganz bald Alice. Die kam auch schon am Wasser entlanggerannt mit nackten Beinen, die im Sonnenschein glänzten, und mit den hellen Haaren, die im Winde flogen.

„Oh, Lan-may“, weinte Alice.

„Oh, Alice“, weinte Lan-may.

„Lan-may“, keuchte Alice, „ich muß dir's

erzählen: Meine Brüder waren schrecklich. Lan-may, ich kann wirklich nichts dafür ..."
„Wofür kannst du nichts?" fragte Lan-may.
„Ich – ich hab's erzählt!" Alice japste. „Als ich zurückkam, fragte mein Vater, wo bist du gewesen – und Tom sagte, sie ist aus dem Gartentor hinausgelaufen – und mein Vater sagte, ich dachte, ich hätte euch gesagt, daß ihr nicht hinaus dürft – und Jack sagte, sie tut's aber immer – und ich sagte, nein, nur dies eine Mal. Ich wollte nur nachsehen, ob in dem großen Netz unten am Fluß ein Fisch sei. Wir können von unserem neuen Hause aus euer Netz sehen, Lan-may!"
„Euer neues Haus?" wiederholte Lan-may.
„Wir sind kürzlich erst von der anderen Flußseite hierher gezogen", sagte Alice. „Hast du das noch nicht gehört?"
„Niemand erzählt mir etwas", antwortete Lan-may. „Meine Mutter spricht nie, weil sie eine schweigsame Frau ist; mein Vater unterhält sich mit meinen Brüdern, weil ich ja nur ein Mädchen bin, und meine Brüder reden unter sich."
„Mein Vater wird in der Schule in der Stadt Englisch unterrichten", fügte Alice hinzu.

„Aber meine Mutter sagte, oh, ich kann in solchen Straßen nicht leben – deshalb zogen wir heraus ans Flußufer – und ich kann euer Netz von meinem Fenster aus sehen. Und dann fragte mein Vater, war denn ein Fisch drin – da mußte ich doch ja sagen. Oh, Lan-may, bevor ich es merkte, hatte ich's erzählt!"

„Mir ist es genauso gegangen", bekannte Lan-may. „Nun kommt mein Vater, um den Drachenfisch zu holen." Sie streckte ihre rechte Hand vor, die den Fisch festhielt. „Schwester, wir müssen fortlaufen", sagte sie feierlich.

„Ja, Schwester, das müssen wir", stimmte Alice feierlich zu. Sie faßten sich an den Händen, Lan-may hielt den Fisch fest in ihrer anderen Hand, und sie fingen an fortzurennen, so schnell sie nur konnten.

„Wohin sollen wir laufen?“ fragte Alice.
„Im Bergwald oben könnten womöglich Tiger sein“, sagte Lan-may, ohne anzuhalten. „Wir gehen besser in die Stadt. Ich glaube, wir können diesen Fisch in der Stadt verkaufen und etwas Geld dafür bekommen. Dann können wir ein kleines Haus mieten und dort zusammen wohnen.“
„Das wäre herrlich!“ sagte Alice.
So rannten sie auf die Stadt zu. Aber es war weit, und schließlich mußten sie ein bißchen langsam gehen, um auszuruhen.

„Laß mich jetzt einmal den Drachenfisch tragen“, sagte Alice. Lan-may gab ihn hinüber. „Meine Hand wird ganz kalt von dem Fisch.“

„Bei meiner war es genauso“, antwortete Lan-may.

Es war ein schöner Nachmittag, und sie waren ganz glücklich. Lan-may wußte vielerlei zu erzählen und zu fragen.

„Warum sind deine Haare gelb?“ fragte sie Alice. „Kommt es daher, daß deine Mutter Eier gegessen hat, bevor du geboren bist?“

Alice lachte: „Ich glaube nicht, denn ihr Haar ist auch so hell.“

„Womöglich eßt ihr alle Eier“, meinte Lan-may.

„Ja, wir essen sehr oft Eier“, bestätigte Alice, „ich bekomme jeden Tag eins zum Abendessen.“

„Wirklich?“ rief Lan-may. „Ich esse abends Reis und Kohl, und du siehst, wie schwarz meine Haare davon sind!“

„Tatsächlich kohlschwarz!“ stimmte Alice zu.

Aber Lan-may wollte noch mehr wissen. Es war so wunderschön, wenn man mit einer Schwester sich unterhalten konnte, die auch gerne spazierenging und sich unterhielt, ohne Räuber zu spielen und Soldaten oder ähnliches.

„Du sprichst so merkwürdig“, sagte sie zu Alice, „woher kommt das?“

„Weil ich Amerikanerin bin“, antwortete Alice.

Nun war Lan-may höchst erstaunt: „Wie kann ich dich dann überhaupt verstehen?“ fragte sie. Sie fürchtete sich direkt ein wenig, daß sie ein amerikanisches Mädchen verstehen konnte.

Da lachte Alice: „Weil ich chinesisch spreche, du Dummerlein!“

„Kannst du auch amerikanisch reden?“ fragte Lan-may.

„Natürlich kann ich das.“ Sie sprach ganz schnell etwas, mit vielen ss-ss-ss und kk-kk-kk.

„Das kann ich nicht verstehen“, sagte Lan-may.

„Es kommt daher, daß du es nicht gelernt hast“, erklärte ihr Alice.

„Können wir denn richtige Schwestern sein, obgleich du eine Amerikanerin bist?“ Lan-may fragte es voller Zweifel.

„Warum denn nicht“, entgegnete Alice, „wir

sehen doch auch gleich aus, nicht? Heb mal deine Hand hoch, Lan-may."
Lan-may streckte sie aus, und Alice hielt ihre daneben.
„Genau gleich!" sagte sie. „Nur deine Hand ist brauner, und meine ist rosiger. Aber wir haben beide fünf Finger an jeder Hand. Hast du auch fünf Zehen an jedem Fuß?"
„Natürlich", sagte Lan-may.
„Und wir haben auch beide weiße Zähne, und unsere Haare sind auch aus demselben Stoff. – Mich stört es nicht, daß deine Haare schwarz sind, Lan-may, wenn es dir nichts ausmacht, daß meine gelb sind."
„Weißt du was", meinte Lan-may, „wir spielen, dein Haar sei wirklich schwarz."
Doch da schaute Alice bedenklich: „Ich hätte es nicht gerne, wenn mein Haar für immer schwarz wäre. Ich glaube nicht, daß es meiner Mutter gefiele."
„Weißt du was", rief Lan-may, „dann spielen wir, daß an einem Tag dein Haar schwarz sei und am folgenden meines gelb!"
„Gut", sagte Alice, „dann können meinetwegen meine Haare heute schwarz sein."
„Ich danke dir, Schwester!" sagte Lan-may höflich.

So wanderten sie weiter, den ganzen schönen Nachmittag lang, bis sie das große Stadttor vor sich liegen sahen. Viele Leute drehten sich nach ihnen um, und manche lachten. „Seht nur, wie das fremde Teufelchen und das Chinesenteufelchen miteinander gehen“, sagte ein Mann, der an einer Ecke Erdnüsse verkaufte.

„Wir machen uns nichts draus, Schwester", sagte Alice.
„Wir machen uns nichts draus", erwiderte Lan-may.
Schließlich gingen sie durch das Stadttor. Lan-may war schon oft hier gewesen, wenn ihr Vater sie an Feiertagen oder an Markttagen mitgenommen hatte. So war sie jetzt überhaupt nicht ängstlich.
„Gleich hinter dem großen Tor liegt ein Pfandleihgeschäft", berichtete sie Alice. „Arme Bauern haben dann keinen weiten Weg, um ihre Winterkleider zu verpfänden."
„Verpfänden sie denn ihre Winterkleider?" fragte Alice.
Lan-may erklärte: „Im Frühling bringen sie ihre Winterkleider zum Pfandleiher. Sie kaufen für das Geld, das sie dafür bekommen, Saatgetreide. Im Herbst, wenn sie geerntet haben, lösen sie ihre Kleider wieder aus. – Hier ist das Geschäft. Gib mir den Drachenfisch, Schwester!"
„Da hast du ihn, Schwester", sagte Alice und übergab ihn Lan-may.
Sie gingen auf einen kleinen dunklen Laden zu und traten ein, noch immer Hand in Hand. Ein kleiner, alter, verhutzelter Mann mit

einem schmalen, verschlossenen Gesicht stand hinter dem Ladentisch.
„Oh“, sagte er, „es wird wohl gleich regnen.“ Das ist so eine Redensart: Immer kurz vor dem Regen, sagt man, zeigen sich die Teufel oder Geister. Und jetzt sah er Alice vor sich. Aber Lan-may konnte das ganz und gar nicht leiden. „Das ist meine Schwester“, sagte sie, „und sie ist kein Teufel!“
„Entschuldige bitte“, entgegnete der Pfandleiher und lächelte verschmitzt, „wenn ich gewußt hätte, daß sie deine Schwester ist, hätte ich keinen solch armseligen Scherz gemacht.“
„Es ist mir egal, wenn Sie mich einen fremden Teufel nennen“, sagte Alice kühl. „Sie wissen es ja nicht besser.“
Der kleine, alte Mann starrte sie mit offenem Munde an, dann lachte er laut: „Wie gut du Chinesisch sprichst!“ bewunderte er sie. „Ich habe mich völlig in dir getäuscht.“
Von da an waren sie alle ganz freundschaftlich miteinander. Jetzt legte Lan-may den Drachenfisch auf den Ladentisch: Da lag er, schwer und ganz bewegungslos.
„Ho, was ist das?“ rief der Pfandleiher. Er setzte eine riesige Brille auf und nahm den

Drachenfisch am Kopf und am Schwanz in beide Hände. „Das ist ein höchst merkwürdiger Fisch!“ rief er. „So einen hab' ich noch nie gesehen!“

„Meine Schwester und ich fingen ihn heute, als wir im Fluß fischten“, sagte Lan-may. „Wir wollen ihn für so viel Geld verpfänden, daß wir ein Häuschen mieten können, in dem wollen wir zusammen wohnen.“

„Allein?“ forschte der Pfandleiher höchst erstaunt. „Ihr seid fast zu jung, um schon allein zu leben.“
„Wir haben unsere Brüder satt“, erklärte Alice, „und darum sind wir von zu Hause weggelaufen.“
„Aha“, sagte der Pfandleiher, „das kann ich gut verstehen. Als ich klein war, hatte ich vier Schwestern und bekam sie auch sehr satt! Noch heute habe ich sie so satt, daß ich sie nie besuche. – Wie wäre es, wenn ihr mein Haus mieten wolltet? Dann könnt ihr den Laden hüten, während ich in die Teestube gehe, meine Pfeife rauche, Tee trinke und mich mit meinen Freunden unterhalte.“
Lan-may und Alice schauten sich an.
„Möchtest du gerne einen Laden haben?“ fragte Lan-may.
„Das könnte lustig sein“, antwortete Alice. Während der ganzen Zeit hielten sie sich fest an der Hand.
„Ich meine, ja“, sagte Lan-may.
„Ja!“ entgegnete Alice.
„Gut, gut“, sagte der alte Mann, „jetzt ist gerade die richtige Zeit anzufangen. Ihr hütet den Laden für mich, während ich zum

Teetrinken gehe. – Übrigens, seid ihr hungrig?“
„Ein bißchen“, sagte Lan-may höflich.
„Furchtbar!“ sagte Alice gar nicht höflich.
„Ich schließe diesen Drachenfisch in den Glaskasten“, meinte der alte Mann, „und dann bringe ich euch ein paar kleine Kuchen.“
Er sperrte den Fisch in den Behälter, legte ihn aber erst in eine große Muschelschale, gegen deren perlmutterne Innenseite er ganz prachtvoll aussah.
„So“, sagte der Pfandleiher, „hier wollen wir ihn lassen, bis ihr so lange bei mir gewohnt habt, daß das Mietgeld aufgebraucht ist. Dann sehen wir weiter. – Vielleicht könnt ihr noch einen fangen.“ Er lachte ein wenig in sich hinein, ging aus dem Laden, um die Kuchen zu holen, und brachte sie den Kindern. Dann nahm er seine Bambuspfeife mit der Messingspitze, verbeugte sich und ging fort. Innerlich war er sehr aufgeregt. Er hatte noch nie einen Drachenfisch zu sehen bekommen. Einzig sein Vetter kannte einen Mann, welcher behauptete, einmal einen gesehen zu haben.
„Ich muß mir einen Weg ausdenken, wie

ich diesen Drachenfisch behalten kann“, dachte er. „Dann habe ich immer Glück in meinem Laden. Oh, wenn ich diesen Fisch nur als Belohnung bekommen könnte, weil ich diese beiden kleinen Ausreißerinnen gefunden habe. Sicher werden ihre Eltern mir gerne eine Belohnung geben.“

Während er sich mit diesen Gedanken herumschlug, waren Lan-may und Alice unsagbar glücklich in seinem Laden.
„Ist das nicht lustig“, sagte Alice, „nun müssen wir uns nicht mehr mit Brüdern herumärgern!“
„Nie mehr!“ bestätigte Lan-may. „Wollten deine Brüder auch immer Räuber spielen?“
„Sie wollten den ganzen Tag Räuber spielen“, sagte Alice, „und ich mußte mich immer rauben lassen.“
„Ich ebenso“, sagte Lan-may, „und machten sie auch immer Speere und so was?“
„Speere und Gewehre und Schwerter“, stimmte Alice zu. „Und sie behaupteten immer, ich sei ihr Feind.“
„Meine auch“, berichtete Lan-may.
„Und sie sagten immer, du bist ja nur ein Mädchen!“
„Genau wie meine“, sagte Lan-may. „Und sie behaupteten, ich sei eine kleine Miezekatze.“
„Meine nannten mich Pussi!“ sagte Alice.
„Meine Brüder nannten mich Angst-vorm-eigenen-Schatten.“
„Meine riefen mich auch Angsthase“, sagte Alice.

„Aber in Wirklichkeit sind wir ganz tapfer", entgegnete Lan-may.
„Ja, gewiß", stimmte Alice bei.
Lan-may sagte fröhlich: „Wir wollen gar nicht mehr an sie denken!"
Und dann begannen sie vergnügt, im Laden zu handeln. Es machte wirklich großen Spaß. Erst kam eine Frau mit einem lumpigen Schal, den sie verpfänden wollte. Sie gaben ihr zwei Dollar aus der Geldschublade, weil sie soviel forderte. Sie schien ganz überrascht, dann eilte sie fort, als hätte sie Angst, daß sie ihr das Geld wieder abnehmen könnten. Dann kam ein Mann mit einem alten Buch herein, der einen Dollar dafür haben wollte; den gaben sie ihm auch. Nach einer Weile kam noch eine Frau mit einem Babykleidchen und einem winzigen Paar Schuhe. Sie weinte bitterlich, ihr Kindchen sei tot. Sie wolle diese Sachen eigentlich gar nicht verkaufen, aber sie brauche das Geld, um Essen für ihre anderen Kinder zu besorgen. Sie sah so arm aus, daß sie ihr ebenfalls zwei Dollar gaben.
Dann kam eine Weile niemand mehr herein, und sie konnten im Laden herumgehen und sich alles genau anschauen. Es war ein

niedlicher, winziger Laden. Hinter dem vorderen Raum fanden sie zwei enge Schlafkammern und eine ebenso kleine Küche mit einem sauberen, geweißten irdenen Ofen. In einem Schrank stand eine Schale mit Schweinefleisch und Kastanien, auch eine Schüssel mit kaltem Reis. Alles sah so ver-

lockend aus, daß sie es nicht fertigbrachten, die Schranktüre wieder zuzumachen.
Endlich fragte Lan-may: „Meinst du, es wäre sehr schlimm, wenn wir das essen?"
„Sicher nicht", sagte Alice, „wir können ihm ja sagen, daß wir noch Hunger hatten."
Da legte Lan-may etwas trockenes Gras in den Ofen unter den kleinen Kessel und zündete es mit Streichhölzern an, die auf einem Sims lagen. Alice schüttete den Reis auf die eine Seite des Topfes, Schweinefleisch und Kastanien auf die andere, und in ein paar Minuten war das Essen heiß. Sie füllten es in Schälchen und aßen es schnell auf, weil es immerhin peinlich gewesen wäre, wenn der alte Mann gerade jetzt zurückgekommen wäre.
„Meinst du, er hat noch etwas anderes zum Abendessen?" fragte Alice.
„Wenn er nichts hat, kann er über die Straße in den Bäckerladen gehen und dort ein paar Pastetchen kaufen", meinte Lan-may. „Mein Vater und ich kaufen uns oft welche, wenn wir in die Stadt kommen."
„Aber das Geld?" fragte Alice.
„Wir sagen ihm, er soll es vom Drachenfisch abziehen!" schlug Lan-may vor.

Sie fühlten sich nun wieder ganz zufrieden, gingen in den Laden zurück und bewunderten den kleinen Fisch.
„Was für ein Glück, daß wir ihn fanden", sagte Lan-may.
„Erstens hat er uns zusammengebracht", meinte Alice, „und zweitens gerieten wir in diesen netten kleinen Laden. – Was ist aber, wenn der alte Mann nicht mehr zurückkommt? Vielleicht ist er weggelaufen?"
„Das macht mir nichts aus", sagte Lan-may.
„Wir bleiben eben in diesem Laden."

Und sie beschauten all die Sachen rundum, während sie auf Kunden warteten. Da gab es hunderterlei: alte Taschen- und Wanduhren, alte Messer und Eßstäbchen, Schüsseln, Steppdecken und Bücher, Schnupftabakgläser und Vasen, Weihrauchurnen, Gemälde, alte Messingwaagen, um Waren abzuwiegen, und Ringe und Ohrringe, Pfeifen aller Art, gebrauchte Schuhe und Kissen, und bestickte Mützen und Jacken. Von der Decke hingen alte Töpfe, Kupfergefäße und Teekessel herab. Aber nichts war so schön wie der grüne Drachenfisch in seiner perlmutternen Muschelschale.
Allmählich hatten sie alles angesehen; der Tag ging zu Ende, und der alte Mann war noch nicht zurückgekehrt. Keine Kunden kamen mehr, nur zwei Buben mit einer alten Zinnbüchse.

„Wir wollen eure alte Zinnbüchse nicht", sagte Alice zu den Buben.

„Bestimmt nicht!" bekräftigte Lan-may.

So blieb den beiden Buben nichts anderes übrig, als wieder fortzugehen – aber noch immer kehrte der Alte nicht zurück. Die Dämmerung brach an. Die Sonne war untergegangen, und die Straßen draußen lagen trübe im Zwielicht.

„Vielleicht kommt er nie mehr zurück", sagte Lan-may.

Nicht um alles in der Welt hätte sie Alice gestanden, daß sie allmählich ein wenig

Angst bekam. Sie war noch nie nachts in der Stadt gewesen, und sie wußte, daß das große Tor in der Stadtmauer fest verschlossen wurde. Dann konnte niemand herein oder hinaus. Sie holte die Streichhölzer und zündete eine Kerze in einem hohen Zinnleuchter an, nun tanzten flackernde Schatten an den Wänden.
Auch Alice hätte es Lan-may nie gesagt, daß sie ebenfalls ein wenig Angst hatte. Sie war das einzige blauäugige, hellhaarige Kind in dieser ganzen Stadt, und sie spürte, daß sie allmählich Heimweh bekam.

„Ich wollte, der alte Mann käme zurück", sagte Lan-may schließlich.
„Warum?" fragte Alice.
„Ach – nur so!" sagte Lan-may.
„Ich auch", sagte Alice.
„Ich möchte wissen, was meine Brüder ohne mich tun", überlegte Lan-may nach einer Weile.
„Ich kann mir nicht vorstellen, was meine ohne mich anfangen", sagte Alice wieder nach einer Weile.
„Sie können nicht Räuber spielen, weil sie niemand zum Überfallen haben. Wir sind ja nicht da", überlegte Lan-may.
„Sie können auch nicht Soldaten spielen, denn wer wäre der Feind?" sagte Alice.
„Es würde mir nichts ausmachen, wenn ich manchmal überfallen werde", sagte Lan-may wieder nach einer Weile. „Ich wollte es nur nicht immerzu!"
„Und mir wäre es auch gleich, wenn ich ab und zu Feind sein soll", gab Alice zu. „Ich hatte es nur satt, wenn ich immer und ewig erschossen wurde und jeden Tag wieder tot spielen mußte."
Sie setzten sich Seite an Seite auf eine Bank und faßten sich wieder an den Hän-

den. Aber keine erzählte der anderen, daß sie sich allmählich verlassen fühlte.
Der kleine Laden war so still. Vor den Fenstern wurde es auf der Straße ganz dunkel. Die Leute zündeten da und dort ihre Lampen und Kerzen an. Durch die weit geöffneten Türflügel konnten Alice und Lan-may die Familien lachen und sprechen sehen und die Kinder spielen. Aber sie beide saßen weiter auf der Bank, hielten sich an den Händen und fühlten sich immer noch ein bißchen verlassener.

Der alte Pfandleiher aber war geradewegs zum Teehaus gegangen, und dort saß er noch immer. Er wartete auch. Er wartete, bis jemand in die Teestube käme und laut ausriefe: „Hat niemand zwei kleine Mädchen gesehen, die ausgerissen sind? Das eine ist ein fremdes, das andere ein chinesisches Kind. Sie liefen heute nachmittag von zu Hause fort und trugen einen grünen Drachenfisch mit sich. Wenn jemand die Ausreißer sieht, möge er es bitte auf der Polizeistation melden und eine Belohnung in Empfang nehmen."

Es wurde spät und später – aber er war vollkommen sicher, daß jemand so rufen würde. Er mußte nur lange genug warten. Dann wollte er aufstehen und sagen: „Ich weiß, wo die beiden kleinen Mädchen sind." Dann würde man fragen: „Was sollen wir dir als Belohnung geben?" – „Oh, bitte nur den Drachenfisch", wollte er antworten. Er würde diesen Fisch dann für eine Menge Geld verkaufen. Für dieses Geld wollte er sich eine neue schwarze Seidenjacke kaufen, dazu ein pflaumenfarbiges, langes Seidengewand und eine neue Tabakspfeife mit Kopf und Mundstück aus Silber. Außerdem würde er sich eine Schüssel voll feinster Haifischflossensuppe leisten.

„Ich will ruhig warten", sagte er zu sich, „ich will ruhig warten!"

Nun kann sich jeder vorstellen, was unterdessen bei Lan-may und ebenso bei Alice zu Hause vorging. Tatsächlich geschah genau dasselbe in beiden Häusern. Die beiden Mütter weinten: Frau Wu leise, weil sie eine stille Frau war, und Alices Mutter – die Frau Jones hieß – weinte ebenfalls, aber gar nicht leise. Sie weinte ganz laut und sprach dabei unaufhörlich mit Herrn Jones, mit Tom und Jack. „Und ich sage euch, wir müssen Alice sofort wiederfinden“, schluchzte sie. „Ich kann weder essen noch schlafen, bis wir wissen, wo sie ist. Und ich sage euch allen miteinander, ihr müßt netter zu ihr sein, wenn sie wieder heimkommt. Die arme Kleine – Tom und Jack, ihr seid immer so abscheulich zu eurer Schwester. Dauernd ärgert ihr sie und – und neulich erst erfuhr ich, daß sie immer bei euren Spielen der Feind sein muß – der arme Liebling –, und sie sagte damals auch, sie hätte so gern eine Schwester, weil sie es satt habe, das einzige Mädchen zu sein – und nur ihre Brüder immer . . . immer . . .“
„Meine Liebe!“ sagte Herr Jones, „bitte nimm dich zusammen! Wir werden sie schon finden!“

„Herr Jones", rief sie und weinte noch ärger als zuvor, „du verstehst Frauen nicht und hast sie noch nie verstanden! Wenn wir unsere geliebte Alice nicht finden . . ."
„Wir werden sie finden", unterbrach sie Herr Jones ein bißchen lauter. „Die Polizei ist schon überall unterwegs."
„Warum geht ihr denn nicht", schluchzte sie, „du und Tom und Jack?"
„Wir gehen ja schon", sagte da Herr Jones. „Ich blieb ja nur hier, weil ich dich trösten wollte."
„O geht – geht – geht doch alle miteinander!" rief Frau Jones, und die Tränen liefen wie zwei kleine Bäche über ihre Wangen. „Ich habe euch alle so satt! Wartet nur, bis Alice wieder daheim ist – wenn dann einer von euch sie noch mal nicht gut behandelt! – Oh, mein Liebling Alice, wo bist du nur –?"
Aber Herr Jones und Tom und Jack waren schon fort. Als Frau Jones dies merkte, hörte sie gleich auf zu weinen, wischte sich das Gesicht ab und ging in Alices Zimmer. Sie deckte das Bett auf, holte einen sauberen Schlafanzug heraus und ging dann in die Küche, wo sie Brot röstete, Milch wärmte und ein Ei aufschlug – alles für Alices Abendessen.

„Arme Alice", dachte sie, „sie soll eine Schwester bekommen – sobald sie zurück ist, versuche ich, eine kleine Freundin für sie aufzutreiben – wenn es auch noch soviel Mühe kostet!"

Und weil ihr dann nichts anderes mehr einfiel, holte sie zwei frische Taschentücher aus ihrer obersten Schublade, setzte sich in ihren Schaukelstuhl und fing wieder an zu weinen.

Bei Frau Wu hingegen flossen die Tränen ganz einfach ohne Unterlaß, und kein Wort wurde laut, bis Herr Wu die Geduld verlor.

„Willst du wohl aufhören zu weinen!" sagte er. „Mir kommt es vor, als sei das ganze Haus schon feucht vor lauter Tränen. – Lanmay wird schon gefunden werden, warum auch nicht? Wer will schon ein Mädchen haben? Kein Mensch stiehlt ein Mädchen. Sie ist irgendwohin gelaufen. Die Polizei sucht schon überall – es ist nur eine Frage der Zeit. Bitte, hör auf zu weinen, ich sage es noch einmal!"

Frau Wu saß auf einem kleinen Bambusschemel und weinte und weinte, als hätte sie kein Wort von dieser ganzen Rede verstanden. Herr Wu wandte sich an seine Söh-

ne. „Könnt ihr drei Tölpel denn gar nichts sagen, um eure Mutter zu trösten?"
Als Frau Wu das hörte, hob sie den Kopf: „Nein", sagte sie, „die nicht; sie sind schuld, daß Lan-may fortlief."
„Nanu, was habt ihr denn getan?" fragte Herr Wu die Brüder.
„Lan-may hatte sie so satt", sagte Frau Wu. „Ihr wart alle so – so gemein zu ihr!"
Noch nie hatte sie so viele Worte gebraucht. Herr Wu war fassungslos. „Gemein zu Lan-may?" fragte er. Seine Stimme klang plötzlich ganz weich.
„Ja, das wart ihr – weil sie ja nur ein Mädchen war!"

Und Frau Wu begann wieder zu weinen. Sie weinte und weinte, bis ihr Kleid vorne ganz naß war. Schließlich wußte Herr Wu wirklich nicht mehr, was er mit ihr anfangen sollte.
„Ich kann das nicht mehr aushalten“, sagte er endlich zu Sheng, Tsan und Yung.
„Ihr Buben kommt mit mir. Wir gehen selbst Lan-may suchen und bringen sie nach Hause. Aber wenn wir sie gefunden haben, werde ich sie verhauen, weil sie ihre Mutter so aufgeregt hat.“

In diesem Augenblick hob Frau Wu noch einmal den Kopf und hörte so lange zu weinen auf, bis sie noch ein paar weitere Worte gesagt hatte: „Oh, geht nur – ich habe euch alle auch so satt!"
Und ihre Tränen begannen von neuem zu fließen.
So herrschte in beiden Familien große Aufregung, während Alice und Lan-may auf der Bank in dem kleinen Pfandleihgeschäft saßen, Hand in Hand, an ihre Brüder, Mütter

und Väter dachten und immer mehr Heimweh bekamen.
Auf verschiedenen Wegen gingen Herr Jones mit Tom und Jack und Herr Wu mit Sheng, Tsan und Yung schweigend zur Stadt. Sie wollten erfahren, was die Polizei unternommen hatte, und vor allem, was sie selbst noch tun könnten. Sie kannten sich natürlich nicht und hatten keine Ahnung, daß ihre beiden Mädchen Schwestern waren.
Getrennt kamen sie zum Stadttor, gerade als der Wächter daran dachte, es für die Nacht zu schließen. Herr Jones gelangte zuerst hin, weil er längere Beine hatte als Herr Wu. Er winkte dem Wächter mit der Hand: „Warte“, rief er, „schließ das Tor noch nicht. Hast du etwa ein kleines, davongelaufenes Mädchen gesehen, etwa so groß, gelbes Haar, blaue Augen?“
„Nein“, sagte der Wächter, „aber ich verschlafe den größten Teil des Nachmittags, und von mir aus konnte jeder durch das Tor.“
„Was könnte ich denn nur tun?“ fragte Herr Jones hilflos. „Ich bin fremd in der Stadt – ich bin der neue Englischlehrer an der Schule. Ich kenne keinen Menschen hier, und meine Frau weint sich die Augen aus . . .“

Der Wächter kratzte sich an seinem struppigen Kopf und sah Herrn Jones ganz freundlich an: „Gehen Sie doch in die Teestube. Fragen Sie dort laut, ob irgendwer Ihre Tochter gesehen hat."
„Vielen Dank!" sagte Herr Jones.
Also ging Alices Vater dorthin und mit ihm Tom und Jack, die während der ganzen Zeit kein Wörtchen gesagt hatten.
Herr Wu folgte nur zwei Minuten später. Er hob seine Hand und winkte dem Wächter, der gerade überlegte, ob er nun nicht das Tor für die Nacht zuschließen sollte.
„Warte", rief Herr Wu, „hast du ein kleines, fortgelaufenes Mädchen gesehen, etwa so groß?"
„Mit gelbem Haar und blauen Augen?" fragte der Wächter.

„Aber nein!“ entrüstete sich Herr Wu. „Denkst du denn, ich sei solch ein – fremder Teufel?“
„Nun – gerade eben fragte so ein Fremder nach einem ausgerissenen Mädchen. Er gab die Größe genauso an wie du, und er hatte auch Söhne bei sich, genauso wie du.“
„Vielleicht ist heute der Tag der fortgelaufenen Mädchen!“ rief Herr Wu.
„Geh doch ins Teehaus“, meinte der Torhüter, „und rufe dort aus, ob jemand deine Tochter gesehen hat.“
„Danke schön“, sagte Herr Wu, „daran hätte ich auch selbst denken können.“
Also eilte er weiter und mit ihm Sheng, Tsan und Yung, und die drei Buben sagten während der ganzen Zeit kein Wort.
Unterdessen hatte der alte Pfandleiher unentwegt Tee getrunken und fühlte sich, als sei er selbst ein Faß voll Tee. Er hatte gewartet, bis er müde geworden war. Eben wollte er gehen, als Herr Jones in die Teestube trat und hinter ihm seine Söhne.
„Ah“, sagte der alte Pfandleiher, „da sind sie endlich!“
Aber ehe noch Herr Jones sprechen konnte, stürzte Herr Wu herein und hinter ihm seine

drei Söhne. Herr Wu begann sofort laut zu rufen: „Hat jemand ein fortgelaufenes Mädchen gesehen, etwa so groß, mit schwarzem Haar und schwarzen Augen ...?"

„... Und ebenso ein gelbhaariges, blauäugiges Mädchen, etwa so groß?" rief Herr Jones unmittelbar danach.

Das Teehaus war voll von Männern, die über ihre Geschäfte sprachen oder Schach oder sonst etwas spielten. Manche saßen auch nur behaglich da und rauchten.
„War ein grüner Drachenfisch mit dabei?“ rief der alte Pfandleiher zurück.
Bei dieser Frage schauten alle erstaunt auf.

Nur zwei alte Männer spielten ihr Schach weiter, als ob nichts geschehen sei.
„Du bist dran", sagte der eine alte Mann.
Der andere rückte eine Elfenbeinfigur weiter und murmelte zurück: „Du kommst dran."
Herr Jones sah verwirrt aus. „Ein grüner Fisch?" wiederholte er. Er konnte nicht sehr gut Chinesisch, weil er ja Amerikaner war, und überlegte, ob er etwas falsch verstanden habe – „Fisch oder Tisch?" fragte er.
„Fisch – Tisch – oder – oder –"
„Fisch!" sagte Herr Wu bestimmt. „Ja, ein grüner Fisch war dabei, ich erinnere mich. – Aber ein Drachenfisch?"
Herr Jones sah ihn ganz verwundert an. „Wissen Sie denn etwas davon?"
„Nein", entgegnete Herr Wu, „eigentlich nicht – wenigstens ..."
Aber jetzt drängte sich der alte Pfandleiher lebhaft durch die Menge. Alle ringsum waren aufgeregt: „Zwei fortgelaufene Mädchen und ein entlaufener Fisch?" fragten sie. Nur die beiden alten Schachspieler schauten nicht auf.
„Du kommst dran", murmelte einer.
Der andere verschob eine der kleinen Elfenbeinfiguren und sagte: „Du bist dran."

Unterdessen ging der Pfandleiher schnell die Straße hinunter. Auf der einen Seite von ihm lief Herr Jones, auf der anderen Herr Wu. Dahinter kamen alle die Brüder.

„Ich habe schon viel Merkwürdiges in meinen Laden kommen sehen", sagte der Pfandleiher, „aber noch nie etwas so Seltsames wie eure beiden Töchter mit einem grünen Drachenfisch. Sie erzählten mir beide, daß sie ihre Brüder satt hätten und deshalb fortgelaufen seien."

„Ihre Brüder satt?" rief Herr Jones.

„Ihre Brüder satt?" rief Herr Wu.

„Ja. Deshalb liefen sie zusammen fort und nahmen den grünen Drachenfisch mit, den sie im Fluß gefunden hatten", erzählte der alte Mann. „Ich konnte sie sehr gut verstehen, denn in meiner Jugend hatte ich meine vier Schwestern ebenso satt und habe sie noch heute satt. Ich nahm also die beiden Mädchen in meinem Laden auf, legte den Fisch in eine Muschelschale und verschloß ihn in meinem Glaskasten. Ich sagte ihnen, sie sollten warten. Ich wußte genau, daß die Mädchen nicht ohne ihren Fisch fortgehen würden, und deshalb gab ich ihnen auch den Schlüssel zum Glaskasten nicht. – Sicher sind sie noch dort."

Und das waren sie tatsächlich! Zu dieser Stunde waren Alice und Lan-may schon ganz krank vor Heimweh. Sie wollten auch gern Feind sein und sich rauben lassen. Aber was sollten sie nur tun? Während sie gewartet hatten, war das Stadttor tatsächlich vom Wächter geschlossen worden. Sie hatten gerade angefangen zu weinen, als sich die Türe öffnete. Und herein kamen der alte Pfandleiher, Herr Jones, Herr Wu und alle Brüder. Und während dieser ganzen Zeit hatten die Brüder nicht ein einziges Wort gesprochen!

„Aber – Lan-may!“ sagte Herr Wu streng.

„Aber – Alice!“ sagte Herr Jones, ebenfalls streng.

Aber die beiden Männer konnten nicht weiter streng bleiben, denn die beiden Mädchen warfen sich in die Arme ihrer Väter.

„Bitte, nehmt uns mit heim!“ schluchzten sie.

„Es ist sehr ärgerlich“, sagte Herr Wu und hielt Lan-may fest in seinen Armen, „nun müssen wir den Torhüter extra bezahlen, damit er uns aufschließt.“

„Das macht nichts“, erwiderte Herr Jones und hielt seine Alice fest im Arm, „soviel ist es schon wert, daß wir unsere kleinen Mädchen wieder heimbringen!“

Gerade wollten sie fortgehen, da fragte der alte Pfandleiher mit zitternder Stimme: „Und – bitte – was soll mit dem Fisch geschehen?“

Da blieben sie stehen.

„Ach ja, wo ist denn dieser wundersame Fisch?“ wollte Herr Wu wissen.

„Hier“, sagte der alte Pfandleiher matt und schloß seinen Glaskasten ganz langsam auf, voller Angst, sie würden den Fisch mitnehmen. Da lag der grüne Drachenfisch schwer und ganz ruhig in seiner Muschelschale.

„Sie können ihn als Belohnung behalten“, sagte Herr Wu höflich.

Der Pfandleiher war entzückt. Sein Gesicht lächelte aus hundert Fältchen. „Ich danke Ihnen", strahlte er, „das nenne ich einen guten Geschäftstag!"
Er geleitete sie unter vielen Verbeugungen hinaus, schob die großen Riegel vor die Ladentüre und ging in seine Küche. Er war etwas erstaunt, als er merkte, daß sein Abendessen schon aufgegessen war. Doch die Schüsseln waren sauber abgewaschen, und so war er nicht böse darüber.
„Es schadet nichts", dachte er, „ich habe ohnehin viel zuviel Tee getrunken." Er zog seine Schuhe und seinen Rock aus, legte sich in sein Bett und schlief bald ein.

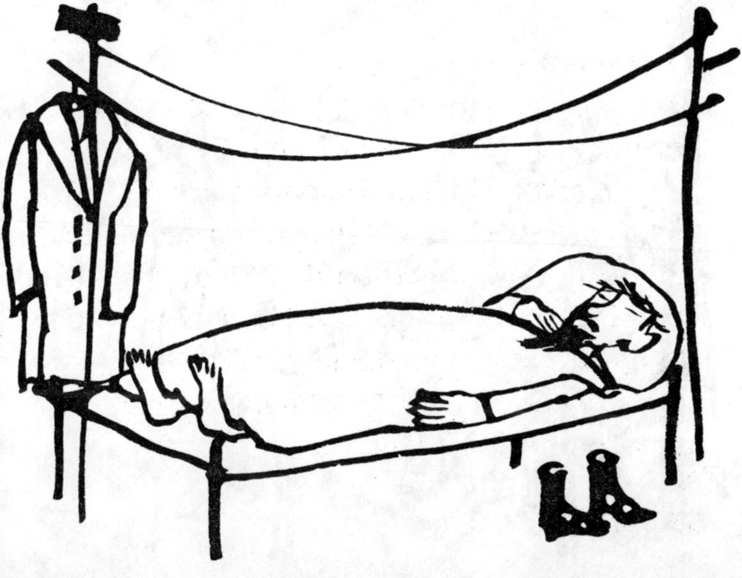

Alice und Lan-may erzählten unterdessen ihren Vätern alles, was sie erlebt hatten. Als sie dann endlich nach Hause kamen, waren sie ganz müde und schläfrig. Herr Jones übergab Alice an Frau Jones, die sofort zu weinen aufhörte. Sie badete Alice und gab ihr Röstbrot, heiße Milch und Rührei.
Als Alice das Ei aß, fiel ihr etwas ein: „Mutter", fragte sie, „kommt es vom vielen Eieressen, daß meine Haare so gelb sind?"
„Aber nein! So etwas habe ich noch nie gehört!" wunderte sich Frau Jones. „Wer hat dir denn das erzählt?"
„Lan-may!"

Und Herr Wu übergab Lan-may an Frau Wu, die sofort mit Weinen aufhörte, Lan-may von oben bis unten wusch und ihr heißen Reis und Kohlsuppe gab.

„Mutter“, fragte Lan-may, „sind meine Haare deshalb so schwarz, weil ich nicht genug Eier esse?“

„Aber nein!“ sagte Frau Wu, „wer hat dir denn so etwas gesagt?“

„Alice!“

Vor dem Jones-Haus sagte Herr Jones in ernstem Ton zu Tom und Jack: „Ich bitte mir aus, daß ihr eure Schwester nicht mehr ärgert, hört ihr wohl? Das gibt es nicht mehr, daß sie immer Feind spielen und beim Verstecken nur immer suchen muß!“
„Wir wollen es nicht mehr tun“, versprachen sie. „Nie mehr!“ fügten sie hinzu.

Und vor dem Wu-Hause sagte Herr Wu in strengem Ton zu Sheng, Tsan und Yung: „Ihr dürft eure Schwester nicht mehr immer nur Feind und Opfer sein lassen – habt ihr mich verstanden?"
„Wir tun es nicht mehr", versprachen sie. „Nie mehr!"

„Mutter“, sagte Alice schläfrig, als sie schon zugedeckt in ihrem Bett lag, „darf ich morgen mit Lan-may spielen?“
„Natürlich darfst du“, sagte Frau Jones.
„Jeden Tag?“ fragte Alice.
„Jeden Tag!“ versprach Frau Jones.
Und Lan-may sagte schläfrig in ihrem kleinen Bambusbett, als ihre Mutter sie in die Decke einwickelte: „Morgen spiele ich wieder mit meiner Schwester Alice und übermorgen auch und überübermorgen . . . Mutter, darf ich jeden Tag mit ihr spielen?“
„Warum nicht!“ antwortete Frau Wu. „Natürlich darfst du das.“
Sie blies die Kerze aus. Lan-may lag noch wach, vielleicht eine halbe Minute, gerade lang genug, um sich noch einmal an den Drachenfisch zu erinnern. „Er hat mir doch Glück gebracht“, dachte sie, „denn jetzt habe ich eine Schwester!“
Dann schlief sie ein.

„Bitte, lest auch die nächsten Seiten“, sagt Herr Wu.

RTB Tierbuch

RTB 379 ab 11

RTB 986 ab 10

RTB 1544 ab 11

RTB 1550 ab 10

RTB 1557 ab 9

RTB 1601 ab 10

Ravensburger TaschenBücher

Die Tiere Helfen sich Selbst

128 Seiten,
DM 16,80

Der Donnerwald soll abgeholzt werden. Alle Tiere sind in heller Aufregung und machen sich an die Arbeit, um ihren Wald vor den Dorfbewohnern von Poggenbüttel zu retten.

THIENEMANN